こころに残る日本の詩 15 篇
―近代・現代日本文学から―

Selected 15 Poems in Modern Japan:
Love Will Find a Way.

伊藤 和光
Kazumitsu Ito

こころに残る日本の詩 15 篇
―近代・現代日本文学から―

Selected 15 Poems in Modern Japan:
Love Will Find a Way.

伊藤 和光

はしがき

　この本では、近現代の日本文学作品から、こころに響く日本の詩歌15篇を選んで、解説した。

　漢詩、現代短歌、ポピュラー音楽の歌詞、21世紀の現代詩なども取り上げて論述したことが、本書の特徴と言えるかもしれない。

　巻末には、それらの英訳が掲載されている文献なども、あげておいた。

　この本が、日本の詩歌を味わうための道標になれば、筆者としては幸いである。

目 次

はしがき — 3

  1 三好達治 _5_

  2 夏目漱石の漢詩 _11_

  3 俵万智の現代短歌 _23_

  4 谷川俊太郎（1）_29_

  5 谷川俊太郎（2）_37_

  6 井上陽水作詞の楽曲 _43_

  7 石坂浩二作詞の楽曲 _49_

  8 中原中也 _55_

  9 宮沢賢治 _59_

 10 高村光太郎 _65_

 11 21世紀の現代詩（1）アーサー・ビナード _71_

 12 21世紀の現代詩（2）渡邉十絲子 _79_

 13 21世紀の現代詩（3）最果タヒ _87_

 14 21世紀の現代詩（4）井戸川射子 _91_

 15 21世紀の現代詩（5）暁方ミセイ _97_

あとがき — _102_

引用文献一覧 — _107_

Selected references for English readers. — _109_

1　三好達治

1-1

　個人的な経験を言えば、筆者は冬でも雪の降らない静岡県浜松市に生まれ育った。この地域の子どもたちは、年に数回風花が舞うだけで、急いで屋外に飛び出していく。そして、花びらのように舞う雪を、口を開けて食べようとしたり、手のひらで何とか捕まえようとしたり、夢中になってするものである。

　後年、京都や東京近郊に住むようになって初めて筆者は、しんしんと雪の降る夜の静寂や、新雪の積もった翌朝の新鮮な爽快さを体験した。

1-2

　まず、詩人・三好達治の代表作をあげておく（注1）。

「雪」　三好達治　1927年（昭和2年）初出

　　太郎を眠らせ、太郎の屋根に雪ふりつむ
　　次郎を眠らせ、次郎の屋根に雪ふりつむ。

詩のテキストは、以上のとおりである。

1-3

　この詩が描いているのは、まさに北日本の豪雪地帯、そして、そこに暮らす男の子たちである。
　ちなみに、「太郎」、「次郎」は、日本人の男の子に典型的な・よくある・一般的な名前を表している。太郎と次郎は同じ家に住む兄弟なのかもしれないし、また別の家に暮らす子供たちなのかもしれない。しかしながら、太郎の屋根、次郎の屋根となっているため、別々の家にそれぞれ子どもがいて眠っていると考えるのが、自然である。
　「眠らせ」という言葉には、子どもの安眠・健やかな成長を願う、親の深い愛情が込められている。また、そこには、おおらかで温かい、より大きな存在も感じさせられる。

　しんしんと雪の降る夜、そこには、日本人の原風景とも呼ぶべき懐かしさが漂っている。
　この詩が書かれた昭和初期には、エアコンもなく、電気ストーブもなかった。暖房器具は、火鉢(ひばち)だった。したがって、部屋を暖かな状態に保ち、子どもを寝かしつけるのには、大変な手間がかかったと想像される。
　このような、子どもたちを思う親の気持ちは、万国共通である。それは、普遍的な無意識に見られる、元型的なものも感じさせる。

　さらに考えると、太郎と次郎を眠らせているのは、しん

しんと降る雪であり、より大きな自然という存在であるとも解釈できる。

　すなわち、雪が降る集落全体は、幸福に満ちた小世界が具現化したものである——そのようにも、考えられる。

　この短い詩の深層には、日本人に普遍的な、そして、時代を問わず受け継がれてきた、深い詩的イメージが、多々隠されている。ユング心理学の用語を借りて言えば、それらは、まさに日本人のこころの深層に普遍的に潜在する、「元型」的なイメージの数々であると思われる（注2）。

　この詩には、こころに響く強い力があり、私たちを普遍的な詩的世界へと誘っている。
　そこには、俗世間の煩悩に塗れた日常生活とは一線を画す、宗教的な色合いを見ることもできる。
　この詩は、日本語で書かれた近代詩における最高傑作の一つと言える
　——そう、筆者は考えている。

　この詩を読むたびに、筆者は詩人という存在の偉大さを、改めて痛感させられてしまう。

　詩人は、まさに、言葉のマジシャンである。

1-4

　作者の三好達治（1900 − 1964）は、日本の詩人、翻訳家、文芸評論家である。「室生犀星・萩原朔太郎などの先達詩人からの影響を出立点としながらも、フランス近代詩・東洋の伝統詩の手法を取り入れて、現代詩における叙情性を知的かつ純粋に表現し、独自の世界を開拓した」と言われている。

　また、彼は谷川俊太郎の父親である哲学者・谷川徹三の友人であり、若き日の谷川俊太郎の詩人としての才能を見出したことも、よく知られている。

（注1）
桑原武夫・大槻鉄男（選）『三好達治詩集』（岩波文庫）（岩波書店、1971年）17頁
（注2）
河合隼雄『無意識の構造』（中公新書）（中央公論新社、2017年）を参照。

2　夏目漱石の漢詩

2-1

　日本において、日本人が漢詩を創作する伝統があることは、海外ではあまり知られていない。

　明治時代、新聞には短歌欄・俳句欄とともに、必ず漢詩欄があり、一般読者から投稿された漢詩が新聞に掲載されていた。のみならず、詩といえば漢詩を意味し、日本語による詩は「新体詩」と呼ばれて区別されていた。

　近現代の日本における漢詩の作家としては、何といっても、夏目漱石が第一人者である。漢詩は小説と同じく、漱石の思想の表現であるとも言われている。

　小説家として有名な夏目漱石は、幼少期から漢詩・漢文に慣れ親しんで育った。彼は、少年時代から漢詩を自由にのびのびと創作した。また、友人の正岡子規などには、漢文の手紙もしたためている。まさに天才少年であったことは、中国文学の碩学である吉川幸次郎・京都大学名誉教授による、漱石が創作した漢詩に関する著書の、「序文」に詳しく書かれている（注3）。どのくらい優秀だったかと言えば、中国人が読んでも、夏目漱石の漢詩は、中国人が書いた漢詩と区別がつかないほどだったそうである。

　夏目漱石の場合には、少年期のある時期から漢籍をすべて捨てて、涙ぐましいほどの努力をして、英語・英文学を

2　夏目漱石の漢詩

習得しようとした。

　その結果、後年になって執筆された『文学論』を読むと、彼自身は謙遜しているが、英語・英文学に関する知見も並々ならぬものであったことが分かる。

　それは、東京帝国大学において、日本人としては初の英文学教授となることを彼が嘱望されたほどである。

　しかしながら夏目漱石は、「漢文学はたいした努力もしていないのによく分かるが、英文学は血眼になって努力したのにあまりよく分からない」と言っている。そこから、自らの内的感覚を基にして、「漢文学と英文学は異なる異質な文学である」という、驚くべき結論を導き出している。

　私見では、そこには、彼が漢文学を習得したのと英文学を学んだのとでは、異なるプロセスがあった——それが、彼の文学に関する考え方に大きく影響していると思う。

　夏目漱石の場合、漢文学には幼少期から慣れ親しんで、いつのまにか、読み書きできるものとなった。
　すなわち、漢文学には、「知的生活の一部としての満足感」があった。
　それに対して、英文学は少年期から努力して学習したものであった。
　洋学の隊長を志して意識的に勉強したものであり、意志的な・ストレスフルな努力を伴うものであった。

それは、ある意味、「知的生活に伴う満足感とは正反対なもの」であったのかもしれない。
　これらの点については、後でまた、詳しく論述したいと考えている。

2－2

　さて、吉川幸次郎・京都大学名誉教授によれば、夏目漱石の漢詩は、質・量ともに、当時としては「東洋随一」のものであったという。
　ここでは、晩年に創作された彼の代表作を紹介したい(注4)。

　漱石が最も熱心に漢詩を創作したのは、「大正五年の死にさきだつ百日間」である。小説『明暗』の執筆を午前にすませ、午後の日課として「七言律詩の大群」を創作した。次のものが、代表的な作品であると思う。

　　無題　　大正五年九月一日
　　　石門路遠不容尋
　　　曉日高懸雲外林
　　　独与青松同素志
　　　終令白鶴解丹心
　　　空山有影梅花冷
　　　春澗無風薬草深

黄髯老漢憐無事
復坐虚堂独撫琴

無題(むだい)
　石門路遠(せきもんみちとお)くして尋(たず)ぬるを容(ゆる)さず
　瞳日(ようじつ)　高(たか)く懸(かか)る雲外(うんがい)の林(はやし)
　独(ひと)り青松(せいしょう)と素志(そし)を同(おな)じくし
　終(つい)に白鶴(はくかく)を令(し)て丹心(たんしん)を解(かい)せしむ
　空山影(くうざんかげ)有(あ)りて　梅花冷(ばいかひや)やかに
　春瀾(しゅんかん)　風無(かぜな)くして　薬草深(やくそうふか)し
　黄髯(こうぜん)の老漢(ろうかん)　無事(ぶじ)を憐(あわれ)み
　復(ま)た虚堂(きょどう)に坐(ざ)して独(ひと)り琴(きん)を撫(ぶ)す

　ただし、難しい言葉の意味は、以下のとおりである。
　石門：山中で二つの石が自然の門のようにつったっているところ。
　不容尋：さがしあてる可能性がない。
　瞳日：かがやく太陽。
　素志：かねがねからの志。おのれのそれに同調するのは、ただひとり冬もその青さを変えぬ松の木。なお素志の素は、平生の意であるが、この字の別の訓は素(しろ)である。すこしずらせて素(しろ)い志と読めば、下の句の丹(あか)い心と、対になる。いわゆる借対(しゃくつい)の技巧であるという。
　丹心：あかきまごころ。おのれのそれを、無心の白鶴に、終(つい)に理解させることができた。

春瀾：春の谷川。
黄髯：黄色いあごひげ。
老漢：ベテランの男。
憐無事：自分自身の所在なさが、かあいそうになり。
虚堂：人気のない座敷。
撫琴：琴をひく。

　この漢詩においては、素い志と、下の句の丹い心とが、対比的に配置されている。
「おのれの丹心、すなわち、あかきまごころを、無心の白鶴に、終に理解させることができた」ということが、詩の要点となっている。

　この詩が創作された日、夏目漱石が芥川龍之介・久米正雄に与えた書簡には、次のように述べられている。
「僕は俳句というものに熱心が足りないので時々義務的に作ると、十八世紀以上には出られません。時々午後に七律を一首ずつ作ります。自分ではなかなか面白い、そうして随分得意です。出来た時は嬉しいです。」
　すなわち、この日に創作した前掲の漢詩は自分でも満足できる内容であって、得意満面・意気揚々とした心持ちであったことが、ここから推測される。

2-3

　もう一つ、「則天去私」という思想を伝えるとされる、彼の有名な詩をあげておく（注5）。

　　　無題　　大正五年九月九日
　曾見人間今見天
　醍醐上味色空辺
　白蓮暁破詩僧夢
　翠柳長吹精舎縁
　道至虚明長語絶
　烟帰曖曃妙香伝
　入門還愛無他事
　手折幽花供仏前

　　　無題(むだい)
　曾(か)つては人間(にんげん)を見(み)　今(いま)は天(てん)を見(み)る
　醍醐(だいご)の上味(じょうみ)　色空(しきくう)の辺(へん)
　白蓮(びゃくれん)　暁(あかつき)に破(やぶ)る詩僧(しそう)の夢(ゆめ)
　翠柳(すいりゅう)　長(なが)く吹(ふ)く精舎(しょうじゃ)の縁(えん)
　道(みち)は虚明(きょめい)に到(いた)りて長語(ちょうご)絶(た)え
　烟(けむり)は曖曃(あいたい)に帰(き)して妙香(みょうこう)伝(つた)わる
　門(もん)に入(い)りて還(ま)た愛(あい)す他事(たじ)無(な)きを
　手(て)ずから幽花(ゆうか)を折(お)りて仏前(ぶつぜん)に供(きょう)す

ただし、難しい言葉の意味は、以下のとおりである。
醍醐：仏典で最上の珍味とするヨーグルト。
上味：そのような極上の味は。
色空辺：色即是空、空即是色、そのへんに存在する。
白蓮：その開く音によって。
詩僧：詩人である僧。
精舎：勉強をする建物。仏語としては寺。
虚明：空虚で明るいもの。心理的にいう。前の九月六日
　　　の詩にも、この語見える。
長語：余分な言葉。
曖曃：アイ・タイと母音を重ね、おぼろ、ぼんやり、そ
　　　うした状態をいう語。
他事：予想しなかったよぶんなことがら。
幽花：しずかに咲く花。

　念のため、この詩の「大意」を記しておく。
（大意）
　以前は人間の醜さのみが目について、暗い気分に閉されがちだったが、今では天のように明るく広い世界が見えてきた。差別の相を超えたところに真理の喜びを味わうようになったのだ。白い蓮が暁に花開いて詩僧の眠りをさまし、寺のほとりには青柳の枝が風に吹かれてなびいている。この爽やかな心象が道に到り得た者のからっとした気分なのだが、口で説明するわけにはいかない。それは香の煙が美しい香りをただよわせながら形をとらえられぬようなもの

だ。家の中にあって俗事に煩わされることなく、手折って来た花を仏前に供える日頃の生活を、私はうれしく思っている。

　この漢詩は、漱石の希求する「則天去私」という思想の法悦を示す作とされる。
「則天去私」は、天に則り、私を去ると読み下す。
　すなわち、自然の道理に従って、狭量な私心を捨て去り、崇高に生きることを意味する。
　漱石の晩年、理想とした境地、人生観として、一般に知られている。

2−4

　夏目漱石（1867 − 1916）は、日本の小説家、英文学者である。
　先にも述べたように、幼少期から漢詩漢文に親しんでいたが、一念発起して英語英文学を学んだ。帝国大学英文科を卒業。イギリスに留学後、東京帝国大学講師として英文学を講じた。
　彼は、1907 年、一切の教職を辞して、朝日新聞社に入社。新聞に連載小説を執筆する作家となった。
『吾輩は猫である』『坊つちゃん』『それから』『こころ』『道草』など、数多くの彼の作品が現在まで、一般に愛読され、親しまれている。

彼の生涯を見ると、以下の点が筆者の脳裏に浮かぶ。

　Ａ）夏目漱石は、ある時点以降、英文学を強い意志で「勉強」して「立身出世」することから、「知的生活」の中で「自己実現」を遂げることに生活をシフトしたと、筆者は考えている。大学を辞して作家となった時点が、大きな転換点だった。

　Ｂ）このような生活上の転換は、意志的に努力する「意識偏重の生活」から、東洋的な「無意識の統合」への変化という視点でも、捉えることができる。
　そういった意志的に努力する「意識偏重の生活」は、彼に心身の苦痛をもたらした。実際、彼は胃潰瘍や神経衰弱に苦しんだことが知られている。
　その中で彼は、もがきながら、漢詩に象徴される「東洋的な無意識という世界」を、抑圧するのではなく、自我の中に統合を果たすようになっていく。

　Ｃ）すなわち、夏目漱石の生涯は、心理療法における「無意識の統合」という過程として捉えることができる。
　小説『それから』と『道草』の文体上の変化にも、彼の意識的・無意識的な要素が表れている。

　これらの点については、『夏目漱石と近代日本の自我』に関する別の論考において、また改めて、詳述したいと思

う。

（注3）
吉川幸次郎『漱石詩注』（岩波文庫）（岩波書店、2002年）
（注4）
同書211 - 212頁
（注5）
同書　224 - 225頁；および、和田利男『漱石の漢詩』（文春学藝ライブラリー）（文藝春秋、2016年）60 - 62頁

3　俵万智の現代短歌

3-1

『サラダ記念日』は、俵万智の第1歌集である（注6）。1987年度に、全てのジャンルを含む年間ベストセラー第一位となった。280万部の売り上げを記録している。現代の古典とも言えると思う。

俵万智は、誰しもが経験する日常の中に題材を見出し、簡潔な分かりやすい言葉で心に響く短歌を表現している、稀有な歌人と言えるだろう。

　「この味がいいね」と君が言ったから七月六日はサラダ記念日
　（『サラダ記念日』127頁）

これは、彼女の代表作である。

3-2

この作品に出てくる「君」すなわち彼氏は、『サラダ記念日』の中では様々な場面で登場している。

　「嫁さんになれよ」だなんてカンチューハイ二本で言ってしまっていいの
　（34頁）

3 俵万智の現代短歌

これも有名な作品である。

ささやかな日常、何気ない言葉、その中にさりげなく幸せを感じる

——私たちが『サラダ記念日』に共感するのは、そういった日々のスケッチから、私たちにとって一番大切なものは何かを教えてくれるためなのかも知れない。

なお、俵万智は現代短歌の歌人として有名になったが、伝統的な短歌においても秀逸な作品を多く残している。
次のような作品もある。

　陽の中に君と分けあうはつなつのトマト確かな薄皮を持つ
　（104頁）
　サ行音ふるわすように降る雨の中遠ざかりゆく君の傘
　（118頁）

これらは、新しい感覚と新鮮な技法が光る作品群である。

3-3

なお、統計数理研究所は、50年間にわたり「日本人の国民性調査」を行った（注7）。その結果などから、現代日本人には、「私生活を優先する価値観」、「一番大切なの

は家族」、「身近な人たちとなごやかな毎日を送る」、「家族と一緒に過ごす時間を長くとりたい」という傾向があることが分かっている。

　これは、俵万智『サラダ記念日』がベストセラーとなった背景にあるのではないかと推測される。

　すなわち、『サラダ記念日』においては、初々しい恋が日常的なエピソードに載せて分かりやすい言葉で、さらりと描かれている。
　そこには、平穏な日々、身近な人と過ごすなごやかな毎日、一番大切なのは家族といった価値観が、基調音として流れていると考えられる。
　ここにおいて、俵万智『サラダ記念日』が、現代日本人の生活傾向とまさに合致したものであること、そして時代精神を代表する作品であることが、見て取れるように思う。

　現代の日本人、そして、現代日本文化に関する特徴の一端が、ベストセラーとなった俵万智『サラダ記念日』には凝集されていると考えられる。

　また、このような私生活を優先する傾向の根底には、どこかしら不安な心性があるのかもしれない。

3－4

　俵万智の第一歌集『サラダ記念日』では、淡い恋心が日常のエピソードにのせて、さりげなく表現されていた。

　それに対して第三歌集『チョコレート革命』では、大人の性愛が不倫ともとれる歌となり、むしろそれが真実の愛であると自信を持って詠まれてもいた。

　それらの中間にあって第二歌集では、恋の歌も、日常の気持ち・父や母・高校教師の日々・旅行に関する短歌などと相まって、微妙な陰影や心のひだを表現したものとなっている。

　以上の点に関しては、拙著『日本文学の統計データ分析』を参照してほしい（注8）。

3－5

　最後になったが、俵万智（1962 － ）は、日本の歌人、エッセイストである。早稲田大学を卒業後、高校教師となった。

　第一歌集『サラダ記念日』は、1987年度に全てのジャンルを含む年間ベストセラー第一位となり、当時、社会現象とも呼ばれた。

　彼女は、日本における詩歌の歴史に、大きな足跡を残しつつある歌人であると言えよう。

（注6）
以下の文献を参照。
俵万智『サラダ記念日』（河出文庫）（河出書房新社、1989年）
俵万智『チョコレート革命』（河出書房新社、新装版2017年）
俵万智『かぜのてのひら』（河出書房新社、新装版2017年）
なお、本文に記載したページ数は、『サラダ記念日』における該当箇所を示している。
（注7）
坂元慶行「日本人の国民性50年の軌跡─「日本人の国民性調査」から─」（『統計数理』第53巻　第1号、2005年）3－33頁
（注8）
伊藤和光『日本文学の統計データ分析』（東京図書出版、2024年）の第一部を参照。

4　谷川俊太郎（1）

4−1

　まず、詩人・谷川俊太郎の初期作品群から、「孤独・感傷のない叙情性」に関する詩の具体例をあげる（注9）。

二十億光年の孤独　谷川俊太郎
　　　　　　　　　　　　　1952年（昭和27年）

　人類は小さな球の上で
　眠り起きそして働き
　ときどき火星に仲間を欲しがったりする

　火星人は小さな球の上で
　何をしているか　僕は知らない
　（或はネリリし　キルルし　ハララしているか）
　しかしときどき地球に仲間を欲しがったりする
　それはまったくたしかなことだ

　万有引力とは
　ひき合う孤独の力である

　宇宙はひずんでいる
　それ故みんなはもとめ合う

　宇宙はどんどん膨んでゆく

4　谷川俊太郎 (1)

それ故みんなは不安である

二十億光年の孤独に
僕は思わずくしゃみをした

　これは、谷川俊太郎の代表作である。彼は、16歳のころから詩を書き始めている。18歳の時に、詩を書きためた3冊のノートが、父・谷川徹三から友人の三好達治に渡された。三好達治は、「感傷のない叙情性」に感動した。彼は6篇の詩を『文学界』（文藝春秋新社）に推薦し、12月号に「ネロ　他五篇」が掲載される。それら思春期の心の故郷へと誘う6篇の詩は、読者の心をとらえた。2年後、3冊のノートから50篇を選んで、第一詩集『二十億光年の孤独』（創元社、1952年）が出版される（注10）。これが、この詩に関する経緯である。

　この詩は、パスカル『パンセ』の一節を連想させる（注11）。
　この無限の空間の永遠の沈黙は私を恐怖させる。──
　パスカルが述べているように、宇宙には冷たく暗い沈黙の空間が無限に、そして永遠に広がっている。パスカル『パンセ』においては、宇宙は恐怖・戦慄を引き起こすものであった。しかし、谷川俊太郎は、恐怖するどころか、くしゃみをするほど平然としているのである。
　確かに、「みんな」はもとめ合い、不安である。なぜなら、

宇宙はひずんでいて、どんどん膨んでゆく。万有引力とは、ひき合う孤独の力だからである。しかし、「僕」は二十億光年の孤独に、思わず「くしゃみ」をする。「僕」は恐怖するどころか、淡々としている。ここに、感傷の入り込む余地はない。その「くしゃみ」はユーモラスでもある。

　この詩の基調には、感傷のない叙情性が流れている。それは、「くしゃみ」に端的に表れている。喜怒哀楽のどれでもない、くしゃみである。この感覚には、驚嘆する。日本人離れした独特の感性が、顕著に表れている。

　以上、谷川俊太郎の初期作品群における孤独・感傷のない叙情性に関する詩の具体例をあげて説明した。

4−2

　谷川俊太郎の「感傷のない叙情性」は、日本の詩歌において、極めて特異なものである。

　彼の詩を中国語に翻訳している田原は、谷川俊太郎が中国で人気がある理由のひとつとして、彼のようなタイプの詩人が中国にも今までいなかったことを挙げている（注12）。

　また、谷川俊太郎の詩を英訳しているウィリアム・Ｉ・エリオットは、彼の詩が米国で人気がある理由として、詩が非常に分かりやすいことを指摘している（注13）。いわ

ゆる日本人離れした谷川俊太郎の心性・感性が、米国人にも理解しやすいのではないかと、筆者は考えている。

4-3

　筆者は、伝統的な研究と統計学的研究を統合した、文理融合的な研究を行っている（注14）。

　研究の目的は、現代日本を代表する詩人・谷川俊太郎における詩の変遷を解明することである。そのため、生涯にわたる詩作を総括する『自選谷川俊太郎詩集』を研究対象とした。

（1）筆者による著書の前半では、新しい試みとして、統計学的手法すなわち残差分析と数量化3類という統計データ分析法を用いた。残差分析で仮説を立てて、数量化3類により実証した。
　次の点が分かった。
　谷川俊太郎の青年時代では、孤独や自意識が支配的だった。その後、「老婆」が他者の象徴として彼の詩に現れる。すなわち、彼は他者の視点を獲得していく。それから谷川俊太郎は実験的な詩を多く作る。

（2）後半は、伝統的な解釈と鑑賞という方法を用いて、内面的な構造に関する考察を行った。特に、谷川俊太郎と、

シンガーソングライターである井上陽水の持つ内在的な構造の一部を比較した。これも、新しい試みである。

　その結果、以下の点が明らかになった。
（A）谷川俊太郎の青年時代における孤独には、感傷のない叙情性が根底にある。彼は他者の視点を獲得した後、複雑なニュアンスを孕んだ愛の萌芽・愛の変容を描くようになる。

（B）時代精神を代表すると思われる井上陽水の場合は、初期のセンチメンタリズムという叙情性から、ニヒリストの孤独や愛の萌芽をへて、言葉遊びを中心とした実験的な歌詞を書くようになった。
　それに対して谷川俊太郎は、初期の感傷のない叙情性から、複雑なニュアンスを孕んだ愛の萌芽・愛の変容を経て、ひらがな詩を中心とした実験的な詩を書く時期へと至る。ここで、老婆という他者の発見が大きな転機となっている。

　以上、谷川俊太郎の生涯にわたる詩作の特徴が明らかになった。
　前半の統計データ分析（1）では特に「青年期」の特徴が、後半の内面的な構造に関する考察（2）では「成人前期」における詩作の特色が、明確化したように思われる。

　最後に考察から、次の点が明らかになった。

「谷川俊太郎は日本の詩歌の原点に立ち返った詩人である。と同時に、彼は時代の先端を拓くフロントランナーである」

　以上の点に関しては、拙著『日本文学の統計データ分析』を参照してほしい。

（注9）
谷川俊太郎『自選谷川俊太郎詩集』（岩波文庫）（岩波書店、2013年）16 − 18頁
〈英訳〉Tanikawa Shuntaro, William I. Elliott（tr.）and Kazuo Kawamura（tr.）*Shuntaro Tanikawa: Selected Poems*（Persea Books 2001）pp. 17-18
（注10）
谷川俊太郎　前掲書　387 − 388頁
（注11）
〈日本語訳〉パスカル、前田陽一（訳）由木康（訳）『パンセ』（中公文庫）（中央公論新社、1973年）146頁
〈フランス語原文〉Blaise Pascal, Michel Le Guern（ed.）*Pensées,* （Gallimard 2004）p. 161
（注12）
田原『谷川俊太郎論』（岩波書店、2010年）214頁
（注13）
ウィリアム・Ｉ・エリオット「谷川俊太郎、そぞろ歩き的品定め」　牧野十寸穂（編集）『國文學　一九九五年　一一月号　解釈と教材の研究　谷川俊太郎』（学燈社、1995年）32 − 36頁、特に33頁

（注 14）
伊藤和光『日本文学の統計データ分析』（東京図書出版、2024 年）の第二部を参照。

5　谷川俊太郎（2）

5−1

「解釈と鑑賞」という視点から、谷川俊太郎と詩の変遷を見ていくと、彼の詩は次のように区分されるのではないかと、筆者は考えている。

　前期：感傷のない叙情性

　中期：複雑なニュアンス

　後期：実験的な心性

前期と中期の境目には、「老婆」の詩が境界上にある。

　筆者による統計データ分析では、谷川俊太郎の詩は老婆という他者の発見で大きく展開することが分かっている。

　解釈と鑑賞という視点から谷川俊太郎と詩の変遷を見ても、「老婆」という「他者の発見」が、前期と中期の大きな転回点となっている。

5−2

　ここでは、中期の複雑なニュアンスを含む詩に関して、代表例をあげておく。

　そこでは、「愛の変容」が大きなテーマとなっている。

　すなわち、谷川俊太郎の詩における「複雑なニュアンス」の典型例として、「愛の変容」に関する詩の具体例も、二つあげておく（注15）。

5　谷川俊太郎 (2)

これが私のやさしさです（谷川俊太郎）

窓の外の若葉について考えていいですか
そのむこうの青空について考えても？
永遠と虚無について考えていいですか
あなたが死にかけているときに

あなたが死にかけているときに
あなたについて考えないでいいですか
あなたから遠く遠くはなれて
生きている恋人のことを考えても？

それがあなたを考えることにつながる
とそう信じてもいいですか
それほど強くなっていいですか
あなたのおかげで

　愛は「ファイナル・ワード」であると、臨床心理学者の河合隼雄は、谷川俊太郎との対談において述べている（注16）。愛という言葉を使ってしまうと、すべてが終わってしまう。心理療法が、もはやそれ以上に進展しなくなってしまうという意味である。
　だが、谷川俊太郎の詩においては、そこから「愛の変容」がみられる。上記の詩では、愛という言葉は使われてはいない。しかし、この詩は愛の変容の一例であると思う。

あなたが死にかけているときに、あなたを忘れる。そして、生きている恋人を愛する。それが、あなたを愛することにつながる。これは、遠くはなれた危篤の母親などを連想させる。この詩において表現されている逆説的な愛のかたちは、愛の変容の典型例であると言うことができるであろう。

　谷川俊太郎に関する先行論文の表１と表２を見ると明らかであるが、谷川俊太郎は全般的に愛という言葉をよく用いている。愛は、彼の生涯にわたるテーマであると言えるかもしれない。

5－3

　さらに、次の例は、父と子に関する詩である。

　　父親は（谷川俊太郎）

死にたいと思う時があった
きみを道連れにして
私は死にたいと思う時があった
何故なのか
そのわけも知らずに

生まれ出たその瞬間から
きみはもう私のものではなかったのに

きみを道連れにするどんな権利も
　　私にはなかったのに
　　私は不幸ですらなかったのに

　　父親はそれほど愚かでそれほど混乱し
　　それほど我ままでそれほど弱い
　　私が強くなれるのは幼いきみが
　　私を信じきっているからなのだ
　　きみが私をいつも大声で呼ぶからなのだ

　この詩は、父の子に対する目線で書かれた詩である。ここでも、愛という言葉は使われてはいない。しかし、この詩も愛の変容の一例であると筆者は考えている。

　きみを道連れにして、死にたいと思う時があった。そう私は告白する。父親はそれほど愚かでそれほど混乱し、それほど我ままで、それほど弱い。きみを道連れにするどんな権利も、私にはなかったのに。しかしながら、私が強くなれるのは、幼いきみが私を信じきっているから。きみが私をいつも大声で呼ぶからである。そのように、私は幼子に語りかけている。

　誰にでも、死にたいと思う時がある。しかし、誰にとっても子供はいとおしい。この詩の最後は、そのような子供に対するいとおしさで締めくくられている。

　なお、これら二つの詩は、「これが私のやさしさです」

は『谷川俊太郎詩集』（1968年）に、「父親は」が『空に小鳥がいなくなった日』（1974年）にそれぞれ掲載されている。谷川俊太郎が、36歳と42歳の頃の作品である。

このように、谷川俊太郎の詩には、様々な愛が描かれている。

以上、愛の変容に関する詩の具体例をあげて説明した。

5-4

最後になったが、谷川俊太郎（1931 -）は、現代日本を代表する詩人であり、翻訳家、絵本作家、脚本家である。

彼による詩作は、質・量ともに、日本の第一人者と呼ぶにふさわしいものであり、そのため、本書でも二つの章にわたって彼の詩に関して論述した。

彼は、日本人の原風景に回帰した作品を描きつつ、しかも、時代の最先端を拓くフロントランナーであると、筆者は考えている。

（注15）
谷川俊太郎『自選谷川俊太郎詩集』（岩波文庫）（岩波書店、2013年） 91 - 92頁、122 - 123頁
（注16）
河合隼雄、谷川俊太郎『魂にメスはいらない─ユング心理学講義─』（講談社＋α文庫）（講談社、1993年）247頁

6　井上陽水作詞の楽曲

6-1

　井上陽水（1948 -）は、現代日本を代表するシンガーソングライターである（注17）。井上陽水について本稿で論述する理由として、以下の点が挙げられる。

（A）現在は、米国のシンガーソングライターであるボブ・ディランが、ノーベル文学賞を受賞する時代である。すなわち、シンガーソングライターの歌詞も、重要な文学作品と評価されている。

（B）また、井上陽水は、インタビューの中で、作詞の方が作曲より自信があるとも述べている。

（C）さらに、初期の叙情性・実験的な詩の創作など、谷川俊太郎と井上陽水には共通点も多い。

（D）最後に、一番重要な点であるが、井上陽水の歌詞は、ある意味、時代精神を代表するものである。ポピュラー音楽として、彼の曲は多くの人に受け入れられてきた。すなわち、彼の楽曲は日本文化を考察する重要な手がかりである。

　以上の理由から、筆者は、井上陽水の歌詞を学術的な研究対象としている。

6-2

　井上陽水の特徴として、実験的な詞が挙げられる。これは、谷川俊太郎の詩とも共通する点である。

6　井上陽水作詞の楽曲

具体例を二つ、示したい。

アジアの純真（井上陽水作詞）

北京　ベルリン　ダブリン　リベリア
束になって輪になって
イラン　アフガン　聴かせてバラライカ

美人　アリラン　ガムラン　ラザニア
マウスだってキーになって
気分　イレブン　アクセス　試そうか

開けドアー
今はもう
流れでたらアジア

白のパンダを　どれでも　全部　並べて
ピュアなハートが　夜空で　弾け飛びそうに　輝いている
火花のように

火山　マゼラン　シャンハイ　マラリア
夜になって　熱が出て
多分　ホンコン　瞬く　熱帯夜

開けドアー
涙　流れても
溢れ出ても　アジア

地図の黄河に　星座を　全部　並べて
ピュアなハートが　誰かに　めぐり会えそうに　流されていく
未来の方へ

白のパンダを　どれでも　全部　並べて
ピュアなハートが　世界を　飾り付けそうに　輝いている
愛する限り
瞬いている

　今　アクセス　ラブ

　この曲は、二人組の女性ユニット、ＰＵＦＦＹのデビューシングル(1986年)である。デビュー作にして出世作となった。オリコン・カラオケチャートで12週連続1位を記録した。1997年には、この曲をそれぞれ作詞、作曲した井上陽水、奥田民生は、井上陽水奥田民生名義で、この曲をセルフカバーしている。すなわち、『ショッピング』(1997年) にも収録されている曲である。

この歌詞は、言葉遊びを中心としており、ある意味、無意味な言葉の羅列とも言える。しかしながら、ＰＵＦＦＹという二人組女性ユニットのイメージである、アジアのピュアなハート（純真）を、見事に描いている。

6－3

次の曲も、井上陽水における実験的な歌詞の例である。

結詞（井上陽水作詞）

浅き夢　淡き恋
遠き道　青き空

今日をかけめぐるも
立ち止まるも
青き青き空の下の出来事

迷い雲　白き夏
ひとり旅　永き冬

春を想い出すも
忘れるも
遠き遠き道の途中での事

浅き夢　淡き恋
　　遠き道　青き空

　この曲は、五枚目のオリジナルアルバムである『招待状のないショー』(1976年) に収録されている。

　この曲では、定型的な詩の形式を中心としている。歌詞としては、異例の形式である。そして、言葉遊びの要素も含んでいる。
　井上陽水の場合は、このような言葉遊びを歌詞に盛り込んだユニークな詞が、特徴的である。

(注17)
竹田青嗣『陽水の快楽』(河出書房新社、1986年)
ロバート キャンベル『井上陽水英訳詞集』(講談社、2019年) 参照。

7　石坂浩二作詞の楽曲

7 – 1

　俳優・石坂浩二（1941 －）は、慶應義塾大学法学部法律学科卒業。1967年に出演した『泥棒たちの舞踏会』がきっかけとなり、浅利慶太からスカウトされて劇団四季（演出部）に入団したが、多忙により胃潰瘍を患い退団した。

　1970年代前半には、ＴＢＳの人気タレント調査で、彼は３年連続第１位となった。

　ホームドラマ全盛期の1970年代を代表するＴＢＳ系列のテレビドラマ『ありがとう』では、第１シリーズから第３シリーズまで、主人公である水前寺清子の恋人役を好演した。シリーズ最高視聴率は、民放ドラマ史上最高の56.3％を記録した。

　俳優業のみならず、作家、司会者、クイズ番組の解答者など多方面で彼は、活躍している。

　ちなみに、彼は画家としても有名であり、1974年から1985年まで、二科展に連続入選を果たしている。

7 – 2

　ここからは、谷川俊太郎の詩と、石坂浩二作詞による楽曲を比較しながら、論述したいと思う。

　谷川俊太郎の特徴は、ひらがな詩などの実験的な詩を含めて、詩作のバリエーションが非常に豊富なことである。

7　石坂浩二作詞の楽曲

　谷川俊太郎に関する論文において述べた区分で言えば、実験的な詩は、1期で有意に少なく、2期から増える。特に、3期で有意に多い。

　実験的な詩は、実験的な心性から生み出される。既成の価値観や伝統から一歩踏み出して、新たな境地へと超克しようとする姿勢が、実験的な詩を模索する。谷川俊太郎の場合は、ひらがな詩を中心として、バリエーションが非常に豊富な詩を生み出していった。

　ちなみに、谷川俊太郎のひらがな詩を代表する「うんこ」も「にじ」も、漢語を用いずに、大和言葉から構成されている。

　そのような大和言葉を用いた歌詞の典型例としては、俳優の石坂浩二が作詞して、ビリー・バンバンが歌った「さよならをするために」（1972年）が挙げられる。
　歌詞は、以下のとおりである。

　　さよならをするために
　　　　　　　　　　（石坂浩二作詞、ビリー・バンバン歌）

　　過ぎた日の　微笑みを
　　みんな　君にあげる
　　ゆうべ　枯れてた花が

今は　咲いているよ

過ぎた日の　悲しみも
みんな　君にあげる
あの日　知らない人が
今は　そばに眠る

温かな　昼下がり
通りすぎる　雨に
濡れることを　夢に見るよ
風に吹かれて　胸に残る想い出と
さよならをするために

昇る　朝陽のように
今は　君と歩く
白い　扉をしめて
やさしい　夜を招き

今のあなたに　きっと
判るはずはないの
風に残した過去の
さめた愛の言葉

温かな　昼下がり
通りすぎる　雨に

濡れることを　夢に見るよ
　風に吹かれて　胸に残る想い出と
　さよならをするために

　この曲は、オリコン・チャート第1位になった。
　また、第3回日本歌謡大賞・放送音楽賞を受賞している。1986年以降、「高等学校の音楽教科書」にも、何度か掲載された。
　かつて、結婚式の披露宴でも、頻繁に歌われていた曲だそうである。

7－3

　谷川俊太郎のひらがな詩も、石坂浩二による前掲の歌詞も、漢語を用いずに、大和言葉を使用している。日本人の心に訴えかけてくる切々としたものであると思う。また、石坂浩二の歌詞には、実験的な要素が含まれているようにも感じる。

　以上のような詩を読むと、そこでは日本人の原風景を描いているように思われる。
　谷川俊太郎の詩を英訳したウィリアム・Ⅰ・エリオットは、「谷川俊太郎は、六世紀ころに仏教の思想や中国文学によって、阻まれてしまった日本の詩歌の原点に立ち返った詩人である」と述べている（注18）。谷川俊太郎の特徴

を的確に把握した、大変に興味深い見解であると思う。

　全般的に、谷川俊太郎の言葉使い・気質・心性には、いわゆる日本人離れした独特の雰囲気を認めるが、それでいて、どこか懐かしさを感じさせるものでもある。

　石坂浩二の歌詞による「さよならをするために」という楽曲は、日本のポピュラー音楽の歴史に残る名曲であると言えるだろう。
　その中にあって、歌詞の「平易さ・叙情性・せつなさ・純心さ」が、際だっている。
　日本人の感性に訴えかけてくる、重要な要素に満ち溢れた歌詞である。

　なお、この曲は、中森明菜など多くの歌手によっても、後年、トリビュートされ、歌われ続けている。

(注18)
ウィリアム・Ｉ・エリオット「谷川俊太郎、そぞろ歩き的品定め」牧野十寸穂（編集）『國文學　一九九五年　一一月号　解釈と教材の研究　谷川俊太郎』（学燈社、1995年）35頁

8　中原中也

8-1

「感傷、悲しみ、不安」といった心情を代表する日本の詩人として、中原中也（1907 – 1937）をあげることができる（注19）。

汚れつちまつた悲しみに……（中原中也）

汚れつちまつた悲しみに
今日も小雪の降りかかる
汚れつちまつた悲しみに
今日も風さへ吹きすぎる

汚れつちまつた悲しみは
たとへば狐の革裘(かはごろも)
汚れつちまつた悲しみは
小雪のかかつてちぢこまる

汚れつちまつた悲しみは
なにのぞむなくねがふなく
汚れつちまつた悲しみは
倦怠(けだい)のうちに死を夢む

汚れつちまつた悲しみに
いたいたしくも怖気(おぢけ)づき
汚れつちまつた悲しみに
なすところもなく日は暮れる……

この詩は、第一詩集『山羊の歌』（1934年）に収録されている。

中原中也の場合、「感傷、悲しみ、不安」が生涯における詩の基調となっている。

8－2

中原中也は、日本人に人気がある。センチメンタリズムを生涯における詩の基調としていることも、日本人の共感を呼ぶ一因になっていると考えられる。しかし、それは心の病とも紙一重の「悲しみ」であったようにも思われる。

小林秀雄は、以下のように述べている（注20）。

　中原の心の中には、実に深い悲しみがあって、それは彼自身の手にも余るものであったと私は思っている。彼の驚くべき詩人たる天資も、これを手なずけるに足りなかった。
　言い様のない悲しみが果てしなくあった。私はそんな風に思う。彼はこの不安をよく知っていた。それが彼の本質的な抒情詩の全骨格をなす。
　彼は一人になり、救いを悔恨のうちに求める。汚れちまった悲しみに……これが、彼の変わらぬ詩の動機だ、終わりのない畳句(ルフラン)だ。

これは，中原中也と若い頃から親交があり、様々な私的出来事により絶交したものの、中原中也の晩年になり彼と再会した小林秀雄による、切実な言葉である。
　きわめて重みのある言説であると思う。

　中原中也の詩は、現在でも、多くの日本人に愛され続けている。

(注19)
大岡昇平（編）『中原中也詩集』（岩波文庫）（岩波書店、1981年）88 – 89頁
(注20)
小林秀雄「中原中也の思い出」『作家の顔』（新潮文庫）（新潮社、2007年）177 – 186頁

9　宮沢賢治

9－1

　立正大学名誉教授で、日蓮宗妙揚寺の住職でもある北川前肇（Kitagawa Zencho）博士は、宮沢賢治に関して興味深い見解を、いくつも著書の中で展開している。ここでは、北川博士の研究を参考にしながら、宮沢賢治（1896－1933）の晩年における詩を紹介したいと思う。

9－2

　賢治の死後、一冊の手帳が発見されており、「雨ニモマケズ手帳」と呼ばれている。この手帳の冒頭部分に着目すると、「雨ニモマケズ手帳」は、病床にある賢治が「み仏とともにある」という自身の宗教的な境地を記したものと見なすことができる。そして、それは、み仏から与えられた、教えを広く伝える者としての使命でもある。

　有名な「雨ニモマケズ」が書かれたのは、両親や弟妹あてに遺書をしたためた五十日余りあとであったという（注21）。
　　「雨ニモマケズ」

　雨ニモマケズ
　風ニモマケズ
　雪ニモ夏ノ暑サニモマケヌ

9　宮沢賢治

丈夫ナカラダヲモチ
慾ハナク
決シテ瞋(イカ)ラズ
イツモシヅカニワラッテキル
一日ニ玄米四合ト
味噌ト少シノ野菜ヲタベ
アラユルコトヲ
ジブンヲカンジョウニ入レズニ
ヨクミキキシワカリ
ソシテワスレズ
野原ノ松ノ林ノ蔭(カゲ)ノ
小サナ萱(スヤ)ブキノ小屋ニキテ
東ニ病気ノコドモアレバ
行ッテ看病シテヤリ
西ニツカレタ母アレバ
行ッテソノ稲ノ束(タバ)ヲ負ヒ
南ニ死ニサウナ人アレバ
行ッテコハガラナクテモイヽトイヒ
北ニケンクヮヤソショウガアレバ
ツマラナイカラヤメロトイヒ
ヒドリノトキハナミダヲナガシ
サムサノナツハオロオロアルキ
ミンナニデクノボートヨバレ
ホメラレモセズ
クニモサレズ

サウイフモノニ
ワタシハナリタイ

9-3

「雨ニモマケズ」の最後は、賢治の理想とする生き方、そのような人でありたい、という願いで結ばれている。

ミンナニデクノボートヨバレ
ホメラレモセズ
クニモサレズ
サウイフモノニ
ワタシハナリタイ

「デクノボー」(木偶の坊)というのは、あやつり人形で、世間一般においては、役に立たない人のことを指す。これは、法華経に描かれる常不経菩薩 = Sadāparibhūta Bodhisattva と重なるように思われる。

常不経菩薩は、言葉をもって、人々が「必ず成仏する尊い存在」であることを伝え、他者に対する敬いの心をもち、身体全体をもって他者を礼拝した。

四衆は彼をののしり、ある時は杖や石やかわらをもって打ちたたこうとした。

しかし、常不経菩薩はひるむことなく修行を続け、ついに成仏した。

賢治もこの菩薩のような生き方を実践し続けた。それゆえに、賢治は「デクノボー」と呼ばれることを恥じない。むしろそうでありたい、と積極的に願っていた。
 ——そのように、言われている（北川前肇、156頁）。

9-4

 宮沢賢治は、農学校の教師などをしながら、詩集・童話を出版した。しかしながら、生前はほとんど無名であり、死後に草野心平らの尽力で作品が読まれるようになり、現在のような国民的作家となった。

 彼は、盛岡中学校を卒業した18歳の時に、法華経を読んで感動し、その後の進路が決まったという。
 岩手県花巻の実家で亡くなる最期のときに彼は、「自分が書いた作品の草稿は全て迷いの足跡である。すべて処分してほしい」と言い残した。
また、『国訳妙法蓮華経』1000部を出版するよう依頼して、友人や知己に届けてもらいたいとの遺言も、家族に残している。
それは1933年、昭和8年、9月21日、彼が満37歳の時だった。
「賢治は法華経によって真の生き方に目覚め、生涯をまっとうした」と、言われている（北川前肇、4頁）。
 法華経信仰 = faith in the Lotus Sutra が、宮沢賢治の

生涯を貫く縦糸であったと言える。

　宮沢賢治が亡くなってから、90年が経過した。
　しかしながら、彼の作品は現在に至るまで多くの日本人に読まれ続け、彼は現在でも多くの日本人から愛され続けている。

　なお、宮沢賢治に関しては、拙著『評論集：宮沢賢治と遠藤周作―日本文学における宗教経験の諸相』において、宗教経験という観点から、詳しく論述した（注22）。

（注21）
北川前肇『ＮＨＫこころの時代〜宗教・人生〜宮沢賢治　久遠の宇宙に生きる』（ＮＨＫシリーズ）（ＮＨＫ出版、2023年）を参照。本文中のページは、北川前肇の文献におけるページ番号である。
宮沢賢治『【新装版】宮沢賢治詩集』（ハルキ文庫）（角川春樹事務所、2019年）
164 – 165頁も参照。
（注22）
伊藤和光『評論集：宮沢賢治と遠藤周作―日本文学における宗教経験の諸相』（牧歌舎、2024年）参照。

10　高村光太郎

10−1

　高村光太郎（1883 − 1956）は、彫刻家である高村光雲の長男として生まれ、東京美術学校彫刻科を卒業。在学中から『明星』に短歌を発表していた。

　1906 年から三年間、ニューヨーク・ロンドン・パリで彫刻を学んだが、帰国後、詩の創作を始めて、1914 年に『道程』を発表した。

　同じ年、『青鞜』の表紙絵を描いていた長沼智恵子と結婚。彼女は 1929 年くらいから体調をくずし始め、こころの病に苦しんだ。

　1938 年、智恵子は亡くなった。その三年後、詩集『智恵子抄』が出版される。

　ここでは、『道程』（1914 年）、『智恵子抄』（1941 年）から、高村光太郎の代表作を、掲載する（注 23）。

10−2

　　道程

　僕の前に道はない
　僕の後ろに道は出来る
　ああ、自然よ
　父よ
　僕を一人立ちにさせた広大な父よ

僕から目を離さないで守る事をせよ
常に父の気魄(きはく)を僕に充たせよ
この遠い道程のため
この遠い道程のため

10－3

　なお、米国ミシガン州出身だが日本語で詩を創作しており、第6回中原中也賞・第8回山本健吉賞などを受賞した詩人であるアーサー・ビナード氏は、高村光太郎の詩を英訳しており、大変興味深い（注24）。

　ここでは、まず「道程」の英訳、Journey を掲載する。

Journey

　No path lies before me.
As I press on, behind me a path appears.
Nature, my father, you
who made me walk on my own,
boundless father,
don't turn away, but keep watch over me.
Fill me always with your strength
for the long journey ahead,
　for the long journey ahead.

10-4

　次に、『智恵子抄』から、「あどけない話」を引用する。この詩も、有名であり、多くの日本人が教科書などで読んだことがあると思う。

　　あどけない話

　　智恵子は東京に空が無いといふ、
　　ほんとの空が見たいといふ。
　　私は驚いて空を見る。
　　桜若葉の間に在るのは、
　　切っても切れない
　　むかしなじみのきれいな空だ。
　　どんよりけむる地平のぼかしは
　　うすもも色の朝のしめりだ。
　　智恵子は遠くを見ながら言ふ。
　　阿多多羅山の山の上に
　　毎日出てゐる青い空が
　　智恵子のほんとの空だといふ。
　　あどけない空の話である。

10-5

アーサー・ビナード氏は、この詩をどのように翻訳して

いるのだろうか。

英訳も引用しておく。

Artless Conversation

My wife Chieko says there's no sky in Tokyo.
She says she wants to gaze at the real sky.
Surprised, I look up.
Beyond the cherry tree's soft, young leaves
is a clear sky, whole no matter
how it's sliced, the one I've always known.
The haze shrouding the horizon in gradations
tinged pink, that's just morning mist.
Chieko stares off into the distance ---
"The blue sky that spreads
each day over Mount Atatara,
for me, that's the real sky…."
Artless, she tells me of her faraway sky.

１０－６

筆者は、文学研究、特に鑑賞という行為の方法論に関して、私見を述べたことがある（注25）。

すなわち、近代物理学をモデルとした自然科学の方法論ではなく、むしろ、臨床心理学や精神医学で用いられてい

る「関与しながらの観察」という方法が、鑑賞という行為の方法論に関しては、そのヒントになると思われる。

　そこでは、客観的なデータのみならず、自分自身の感じ方という主観的な要素もデータとなる。その際には、自分自身が意識的・無意識的に感じていることを、「言語化」することが決定的に重要となる。

　――そのように、筆者は考えている。

　高村光太郎の詩を、日本語で読んだ時と英訳で読んだ時では、どんな違いを感じただろうか。また、学校で読んだ際と現在では、どのように感じ方が異なっているだろうか。そのような点を、この本の読者には感じ取ってみてもらいたいと思う。

　高村光太郎の詩には、「生きるということ」＝「愛するという行為」に関する様々な思いが込められており、また、それは私たちに多くのものを与えてくれるものである。

(注23)
高村光太郎『高村光太郎詩集』（岩波文庫）（岩波書店、1981年）82 - 83頁、214頁
(注24)
アーサー・ビナード『日本の名詩、英語でおどる』（みすず書房、2007年）　82 - 85頁
(注25)
伊藤和光『日本文学の統計データ分析』（東京図書出版、2024年）146 - 148頁

11　21世紀の現代詩（1）
アーサー・ビナード

ここからは、21世紀に詩集を発表した詩人を5人、取り上げたいと思う。

　すなわち、1) アーサー・ビナード、2) 渡邉十絲子（わたなべとしこ）、3) 最果タヒ（さいはてたひ）、4) 井戸川射子（いどがわいこ）、5) 暁方ミセイ（あけがたみせい）の、5名である。

　以下の現代詩に関しては、あえて筆者の主観的な説明はしない。読書が自分の感性により感じとったものを、大切に味わってほしいと思う。

11－1

　先にも述べたように、アーサー・ビナード（1967 －）は、米国ミシガン州出身。日本語で詩を創作しており、第6回中原中也賞・第8回山本健吉賞を受賞した。

　広島県に在住している。

　現在は、活動の幅をエッセイ・絵本・ラジオパーソナリティなどにも広げ、自身の主義に基づく講演なども、日本国内各地で行っている。

　ちなみに彼は、日本の朝ごはんには欠かせない納豆が、美味であるとして大好物であり、自らの名前を日本語で表記する際には、「朝　美納豆」と書くそうである。

　彼は、2005年、エッセイ『日本語ぽこりぽこり』（小学館）で講談社エッセイ賞受賞。2007年、絵本『ここが家だ ベンシャーンの第五福竜丸』（集英社）で日本絵本賞受

賞。2012年、ひろしま文化振興財団、第33回広島文化賞（個人の部）受賞。2013年、絵本『さがしています』（童心社）で第44回講談社出版文化賞絵本賞、第60回産経児童出版文化賞ニッポン放送賞受賞。2017年、第6回早稲田大学坪内逍遙大賞奨励賞受賞。2018年、絵本『ドームがたり』（玉川大学出版部）で日本絵本賞を受賞している。

１１−２

　アーサー・ビナード『釣り上げては』（2000年）は、第6回 中原中也賞を受賞した。
　代表作をあげておく（注26）。

　　釣り上げては

　　父はよく　小さいぼくを連れてきたものだ
　　ミシガン州　オーサブル川のほとりの
　　この釣り小屋へ。
　　そして或るとき　コヒーカップも
　　ゴムの胴長も　折りたたみ式簡易ベッドもみな
　　父の形見となった。

　　カップというのは　いつか欠ける。
　　古くなったゴムは　いくらエポキシで修理しても
　　どこからか水が沁み入るようになり、

簡易ベッドのミシミシきしむ音も年々大きく
寝返りを打てば起されてしまうほどに。

　ものは少しずつ姿を消し　記憶も
　いっしょに持ち去られて行くのか。

だが　オーサブル川には
すばしこいのが残る。
新しいナイロン製の胴長をはいて
ぼくが釣りに出ると　川上でも
川下でも　ちらりと水面に現れて身をひるがえし
再び潜って　波紋をえがく———

食器棚や押し入れに
しまっておくものじゃない
記憶は　ひんやりした流れの中に立って
糸を静かに投げ入れ　釣り上げては
流れの中へまた　放すがいい。

11−3

　アーサー・ビナード『左右の安全』(2007年) は、第8回山本健吉文学賞詩部門受賞作である。
　この詩集からも、表題作を掲載する（注27）。

11 21世紀の現代詩（1）アーサー・ビナード

左右の安全

右か左か　どっちが自分に合うかについて
ぼくが考え始めたのは　たしか十代前半のころ。
男ならだれもが　いつかはぶつかるだろう問題
自転車にまたがったとき　キンタマをどう置くべきか。
中道が一番いけないということは　早くに悟った。
でこぼこしたディクシー・ロードで　一度ならず
車輪の衝撃をもろに受けて——。

高校生のころ　十段変速のロードレーサーで
遠出するようになると少し意識して　たとえば
行きに　もしサドルの左側へずらしていたら
帰りは右にし　釣り合いを保とうと努めた。
いつも片方だけに寄せていると　やがてそっちへ
それてしまうのではと　案じていたのだったか……
でもあるとき　日常生活では　概して左のほうへ
寄っている自分に気づき　なるほどぼくは
左利きなので　きっと下半身までそれが
貫かれているだろうと　独り合点して
左右の交替をやめた。

ここ数年　二十一段変速の自転車で　二十三区を
股にかけているぼくだが　ズボンの傷みが非常に早

い。
尻の部分も摩耗するし　股間については
右よりも左のほうが　先に擦り減ってしまう。

このあいだ　友人と服の話になり　そこでぼくは
自分の股を思い出して声を低め　彼に聞いてみた──
ふだん　どっち側にしているか。
「左が多いな」と返ってきたのでついでに
何利きと聞くと　右利きだという。
ぼくがちょっと驚くと　彼はこう付け加えた──
「キンタマって左にぶら下げるのが普通じゃないかな
ズボンも最初からそのようにできてるって
なんか聞いたことあるような気もする」

なんだ　普通なのか……でもひょっとしたら右脳
左脳のニューロン交差で　下半身が上半身と逆になり
文字や自動改札口や世のほとんどの品々の例に漏れず
男の服も右利き人間用に　デザインされているのだろうか。
本来なら　右ぶら下がりのはずなのに　ジーパンによって
ぼくは矯正されてしまったのか……また環境の影響も？
母国の道路が左側通行か右側通行か　それが決め手だったり……

11 21世紀の現代詩（1）アーサー・ビナード

　などなど考えながら　家路の山手通りを飛ばしていたら前方に
　ピッタリのサイクリング・ウエアで決めている自転車野郎が。

　右か左か　あのズボンなら一見して分かるはずと
　好奇心に駆られて　ぼくは猛スピード
　追い越しざまにスッと　振り返った。
　ちょうどそのときだ　路面のちょっとした窪みで
　前輪が揺れ　一瞬にしてバランスを崩し
　あわや転倒しそうに……左右を
　気にしすぎるのも危険だ。

　アーサー・ビナードの詩は、以上のとおりである。

(注26)
アーサー・ビナード『釣り上げては』（思潮社、2000年）10－12頁
(注27)
アーサー・ビナード『左右の安全』（集英社、2007年）69－72頁

12　21世紀の現代詩（2）

渡邊十絲子

12−1

　詩人・渡邉十絲子は、『今を生きるための現代詩』（講談社現代新書）の序章において、「現代詩とはぐれたのは、いつですか」と問いかけている（注28）。

　1980年代頃までは、アパレルブランドや化粧品会社といった大企業が広告に詩を起用することもしばしばあったが、2000年代以降は、多くの読者と詩との接点が薄れ、いつの間にか詩は「難解で、縁のないもの」になってしまったという（『今を生きるための現代詩』6−7頁）。

　もともと、日本人は詩との出会いがよくない。
　大多数の人にとって、詩との出会いは国語教科書のなかだ。強制的に「よいもの」「美しいもの」として詩をあたえられ、それは「読みとくべきもの」だと教えられる。そして、この行にはこういう技巧がつかってあって、それが作者のこういう感情を効果的に伝えている、などと解説される。それがおわれば理解度をテストされる。
　こんな出会いで詩が好きになるわけない。
　詩を読むときの心理的ハードルは、こうして高くなるのだ。
　そんな前提があるからこそ、詩との出会いは「意味などわからないまま、ただもう格好いい、かわいい、おもしろい、目が離せない」というようなものであってほしい（9−10

頁)。

　すなわち、現代詩は、「試験の設問」に答えるような読み方をするものではない。自らの感性により、「感じとるもの」であると、強調している。

　この本においては、詩の技巧や背景にまつわる解説・解釈ではなく、「味わい方の一例」を提示するような紹介がされている。

　『今を生きるための現代詩』(講談社現代新書)は、現代詩を読む道標となる良書であると思い、まず、紹介した次第である。

１２−２

　渡邊 十絲子(わたなべ としこ、1964 −)は、早稲田大学文学部文芸専修卒業。鈴木志郎康のゼミで詩を書き始め、卒業制作の第一詩集『Ｆの残響』で小野梓記念芸術賞を受賞した。

　なお、彼女は主婦と詩人を兼業する「兼業詩人」、「生涯一競艇客」を標榜している。すなわち、競艇ファンとしても知られており、岩佐なをらとともに、同人誌『確定!!』を発行している。

12-3

　渡邉十絲子『Fの残響』より、冒頭の詩を引用する（注29）。

水族館

神経叢のかたちに光りきらめいた。

夜のドームの照明の下
十一月の冷気はくだかれ
ゆっくりと揺れうねる冷たい水面に
反射光は割れる
歪んだ鏡の振りかえる
金属のかけらのような視線
たしかに感じたそこに
　　　　　　　そこにいる
あなたは見えない。

/歩けなければ泳いで/硝子の皮膜のような反射光/あなたをたずねて/投函しなければ/探して/波をうつ音/この広いドームのどこかで/皮膜/両手が使えなければ口でくわえて/はやく/

わたしの頭の上で

12　21世紀の現代詩（2）渡邉十絲子

深海の魚たちがとまっている
ときおりもっとずっと高いところで
大きく跳ねる音をたてる速い魚は
わたしには見えない
それをたしかめるため
ひとつひとつ水槽を越えながら
大きなゆるい螺旋階段をのぼってゆく
　　　　　　　　　　　　　　　そこに、
/舒するつぶやき/音波で書かれた手紙/水草の成長/探して/あなたをたずねて/投函しなければ/順路標識の罠と手がかり/水草の枯死/波をうつ音/消えていく水の行方/水槽の中の潮の満干/

水面から首をのばした/そこに、
保存液のなかで体をひらかれた/そこに、
殻からやわらかい身をせりだした/そこに、
盲いたまま速度をあげた/そこに、
群れをなして一斉に方向を変えた/そこに、
　　　　　　　　　そこにもあなたがいる。

水槽のあなたがこちらを振りかえる、
　　　　　　　振りかえったはずの瞬間に
　　　　　硝子のむこうに透きとおっている。
あなたがいたのは水のなかそれとも
水槽のむこう側だろうか

魚はときに嘘をついた

ついに降りだした
激しい雨がドームを包んで落ちる
魚語で書かれた手紙には
わたしの口紅が滲んでもう読めない
それでもいい
あなたは外へ出られない
十一月の零時
水族館はすこしだけたわんで
深海に通底する
飛沫のようなあわいつぶやきを
もろくも一面に散りしいて

わたしは手紙を投函しない
うすい光を幾重にも揺らし
その網目の神経であなたをからめる。

渡邉十絲子の詩は、以上のとおりである。

(注28)
渡邉十絲子『今を生きるための現代詩』(講談社現代新書)(講談社、2013年)
なお、本文中のページは、渡邉十絲子の文献におけるページ番号である。

(注29)
渡邉十絲子『Fの残響』(河出書房新社、1988年) 8 – 12頁

13　21世紀の現代詩（3）
最果タヒ

１３−１

　最果タヒ（1986 −）は、2008 年、京都大学在学中『グッドモーニング』により、当時女性では最年少の 21 歳で、第 13 回中原中也賞を受賞している。

　彼女の 3 冊目となる詩集『死んでしまう系のぼくらに』は、第 33 回 現代詩花椿賞を受賞作した（注 30）。この『死んでしまう系のぼくらに』は、現代詩集としては異例の、3 万部を売り上げている。

「鋭利かつ叙情的な言葉で、剥き出しの感情と誰もが抱える孤独を浮き彫りにする」作品群である。

「多くの詩人たちは、宇宙や未来や自分や自分の本棚を見つめて詩を作ってきた。それもいいだろう。
　でも、最果さんは、みんなとみんなが住んでいるこの世界を見つめて詩を作る。
そして、それを、ぼくたちみんなに、届けてくれるんだ。」
　──── これは、高橋源一郎の コメントである。

　彼女は、「現代詩の概念を打ち破るような「詩で遊ぶ」ウェブアプリのリリース、X や tumblr で作品を発表するなど、ジャンルを軽々と越え、現代詩の新たな楽しみ方を提示し続けてきている」と、一般的に言われている。

１３　21世紀の現代詩（3）最果タヒ

　彼女は、ネット世代の詩人であり、表現の新次元を開拓している。

１３−２

　詩集『死んでしまう系のぼくらに』から、冒頭の詩を引用する。

　　死者は星になる。
　　だから、きみが死んだ時ほど、夜空は美しいのだろうし、
　　ぼくは、それを少しだけ、期待している。
　　きみが好きです。
　　死ぬこともあるのだという、その事実がとても好きです。
　　いつかただの白い骨に。
　　いつかただの白い灰に。白い星に。
　　ぼくのことをどうか、恨んでください。

　　望遠鏡の詩

　なお、この詩の初出は、ネットとなっている。

　最果タヒの詩は、以上のとおりである。

（注30）
最果タヒ『死んでしまう系のぼくらに』（リトルモア、2014年）7頁

14 21世紀の現代詩（4）
井戸川射子

１４－１

　井戸川射子（1987－）は、芥川賞受賞作家である。
　彼女は、高校の国語教諭として、2023年まで勤務していた。
「現代詩を生徒に教えることの難しさに直面して『自分で詩を書いてみよう』と考えたことから詩作を始めた」と、インタビューで語っている。

『する、されるユートピア』(2019年)は、彼女の原点となった第1詩集であり、第24回中原中也賞受賞作品である（注31）。

『する、されるユートピア』においては、どれもが母の死というテーマを扱っていながらも、死の恐ろしさや哀しさ、やりきれなさは直接的には描かれていない。作中主体は「ぼく」という名の人物であり、どの作品においても、「実際にそのできごとがすぐ目の前にあるかのように、手触りを感じさせる言葉」だけで詩は進む。
　彼女の用いる言葉はどれも平易でありながら、誰しもが感じたことのある「懐かしい身体感覚やさみしさ、人と人が関わることのままならなさ」を呼び起こす。
　———このように、言われている。

　彼女は、2021年、小説集『ここはとても速い川』で、

14 21世紀の現代詩 (4) 井戸川射子

野間文芸新人賞を受賞。また、2022年、『この世の喜びよ』により、第168回芥川龍之介賞を受賞している作家である。

14-2

　する、されるユートピア

無人探査機みたいに
期待されながら、帰って来させて
わたしに
センセーションを感じて
「体は贈り物で心は宇宙だから、
少ししか持って来られない」
会話はどうせできない、
あなたも、飛行している無人探査機だ、
遠い帰着点だ
お別れ、発射した後の場所だから
あちらからなら輝くナイトかな
「どう思う？
ちゃんとわたしを知っている？」
文化のランナーとして進むことを、
わたしたちはわきまえている
返事があることに、ただありがとうを言う
卵はどれもクリアなチューブだ
作りかえ、

明日には変化する周囲だと知っている
できるだけはやく、大きく育ちたい
成長過程は、
恥ずかしいから見ないでほしい
どうしようもなく劇的で、
思い出は、言うごとに上達して
遠くなっていく
する、されるユートピア
言葉はただのたとえだから、気にしなくていい
見てきた過程をなぞりながら
わたしたちは完成へと向かう
自分が人類のはじまりだったら、大変だろうね
回転しながら立体的に輝く
Windows7の字を眺めている
「固体発生は系統発生をくり返す」
領空を持たない自治の子だ、応援は窓に穴あく勢い
みんな何かを説明づける、
分離したカプセルと同じだ
大きく、何かにさし出すものだ
ここは広々した波、豊穣の海
いつか何か飼えば
待つ、という名前にするから心配ない

井戸川射子の詩は、以上のとおりである。

(注31)
井戸川射子『する、されるユートピア』(青土社、2019年)
40 − 42頁

15　21世紀の現代詩 (5)
暁方ミセイ

１５－１

　暁方ミセイ（1988 －）の第 1 詩集『ウイルスちゃん』（2011 年）は、第 17 回中原中也賞を受賞している（注 32）。

　彼女の詩からは一貫して、「死や滅びの気配」が感じられる。詩に用いられる言葉はどれも気高くて美しく、意味を読み取るのは難解である。しかしながら、文字を眺めているだけで景色が次々と開けてくるような壮大さとカタルシスがある。
　———このように、言われている。

　詩人・井坂洋子は、「暁方の詩は自分や世界が浄化されること、消滅への恐れと憧れに裏打ちされており、情動の中には自己破壊や死の衝動も混じっている」と評している。

　なお、彼女は 2015 年、第 2 詩集『ブルーサンダー』（思潮社）で、第 6 回鮎川信夫賞、第 33 回現代詩花椿賞最終候補。2018 年、第 3 詩集『魔法の丘』で第 9 回鮎川信夫賞受賞。2019 年、第 4 詩集『紫雲天気、嗅ぎ回る 岩手歩行詩篇』で、第 29 回宮沢賢治賞奨励賞を受賞している。

１５－２

スーイサイド

15　21世紀の現代詩（5）暁方ミセイ

盆の日は、ゆらゆら
一列に並んで遠ざかれ
とりもなおさず陽炎、
眼奥で
遠ざかるのは秋へだ、秋へ
列車がしずかに
走っていった

あかく焼け落ちた
夏は憧憬として振り返る町の上空にぴったりと張りつけられており、翳の
底のわたしは足音の暗い路地をゆく。やや欠けた形の月がバターのように
溶け出して町中を流れていた夜半口移しにあたらしく古い歌をならった、
あれは十三の夏祭り囃子太鼓がさみしく止み、いえ、さみしく止んだので
はなく。さみしさは、山からそっと降りてきた。点々と続く線香の火の標
を辿りやがて現れる夕映えのわたしの故郷は折り重なった家々の間に、く
っきりと光り。

いまもなお、
焼けるような想いだけが漂ってくる

秋、はじまる
ホームには一列に乗客たちが並び
ゆらゆら
陽炎のなか
薄まってゆく
その柔らかい一群とともに
盂蘭盆の魂も
はこばれるだろうか
群青の秋のくにへ
列車がしずかに
発車する

濃紺の制服を着た駅員さんが
ふいに
わたしの鞄の中身を尋ねることを
なんども
考えていた
「まなざしです」
「鞄の中身は、死んでしまった少女のまなざしです」

１５　21世紀の現代詩（5）暁方ミセイ

　暁方ミセイの詩は、以上のとおりである。

　以上、21世紀の現代詩を代表する、5人の詩人による詩を掲載した。

（注32）
暁方ミセイ『ウイルスちゃん』（思潮社、2011年）26 - 28頁

あとがき

（1）

　私事で恐縮だが、筆者の実兄は前衛書道家であり、「東洋書芸院」（会長：朝比奈玄甫）という「健全で自由な書芸術の発表の場を作ろうとする人々の集まり」の評議員を現在、務めている。

　ちなみに、毎年、東京上野の東京都美術館において、「東洋書芸院公募展」が開催されている。

　そこでは、公平を期するため、出品者などが審査員に分からないように、また審査員が誰に投票したか分からないような、ブラインド審査により入選作品を決めている。

　そのような、「15才以上の方であればどなたでも出品することができる」公募の展覧会を、毎年開催している。

　筆者は、高校生の頃から縁あって、前衛書道家として有名な先生のご自宅にお邪魔して、お話しを聞くような機会も何回かあり、現代芸術にも、大変興味を持っている。

（2）

　かつて、臨床心理学者として有名な河合隼雄・京都大学名誉教授は、「ストラクチャーの無い芸術作品は美しいと思わない」と、インタビューで発言していたことがある。

　確かに、モーツァルトの音楽も、最近では坂本龍一の楽曲も、構成がしっかりしており大変分かりやすい。

あとがき

　それに対して、武満徹の現代音楽は、ストラクチャーという視点から見ると、大変分かりにくい。

（３）
　筆者は、ある時、ストラクチャー＝構造ではなく、フロー＝流れという観点から、現代芸術の作品を鑑賞すると、その意義が分かりやすいということに気がついた。
　現代音楽についても、前衛書道の作品を含む現代美術に関しても、さらには、現代文学における作品の場合にも、それは言える。

　すなわち、音楽の場合、時間の流れがある。
　また美術の作品でも、描く筆の流れ、彫刻に彫刻刀を入れていく流れ、作品を配置していく流れがある。
　さらには、文学においても、文章が展開する流れが見られる。
　そのような流れに着目することにより、構成・構造とはまた違う重要なものが見えてくると、筆者は考えている。

　そのような視点は、以前から、あったのかもしれない。しかしながら、現代芸術の鑑賞という特殊な臨床場面においては、その重要性が一層増してくるのではないか。
そのように、考えられる。
　したがって、ストラクチャー（構造）ではなく、フロー（流れ）という視点を持って、現代芸術の作品に向き合うこと

──それを筆者は、若い人にも勧めるようにしている。

　本書では、「21世紀の現代詩」についても掲載した。
　以上に述べたような視点が読者の手助けになるかもしれないと思い、現代芸術に関する私見を詳述した次第である。

（4）
　話題を変える。
　中国のテレビドラマで、『Be my princess 〜太傅のプリンセス〜』という作品がある。中国語でのタイトルは、『影帝的公主』となっている。
　これは、現代劇と時代劇を混交させたラブロマンスであり、中国では、2022年に放映された。チュ・ギョルギョン＆シュー・ジェンシー主演作であり、ホァン・ティエンレン監督作品である。

　このドラマは、ある意味「歴史に残る名作」であると、筆者は考えている。
　そこにおいては、「生きるということ」＝「愛するという行為」の意味を、せつせつと私たちに語りかけてくれている。

　ちなみに、そのエンディングテーマ曲は、『Love Will Find a Way』という曲である。
　マカオ出身のシンガーソングライターであり、最先端の

あとがき

ヒップホップ・ラッパーであるドン・ジジが歌っている。

（5）
2024年の夏、筆者は日本のＣＳ放送―ASIA DRAMATIC TV―で、毎日朝5時から、このドラマを観ていた。そして、毎日何回も、このテーマ曲をスマホで聴いた。

この年、筆者は日本で本を、6冊出版することができた。2024年は、こころに残る、思い出深い年となった。

Love will find a way.　愛は道を切り拓く。

筆者にとって、この言葉は、「欲をはなれて、人のためにすれば、いつか道はひらく」――そのような教訓を示す、座右の銘となっている。

古来、キリスト教神学においては「悪の問題」が論じられている。

すなわち、世の中には善意の人ばかりではなく、悪意の人もいる。

しかしながら、こころを正直にして、人のためにすれば、いつか、道は切り拓かれていく。

――そのように、筆者は考えている。

（6）
この本では、近現代の日本における詩歌15編に関して論述した。

一言で言えば、そこでは、広い意味での「愛の変容」がテーマとなっている。日本における漢詩・現代短歌・ポピュラー音楽の歌詞、21世紀の現代詩についても論じた点が、本書の特徴といえるかもしれない。

　すなわち、この本では日本の近現代文学作品を題材としながらも、「生きるということ」＝「愛するという行為」の様々な局面をとりあげて、論述を行った。

　そのため、Love Will Find a Way. という英語の副題を、サブタイトルとして掲げておいた次第である。

（7）
　今後は、統計学を用いた文体研究を行い、著書のかたちでそれをまとめたいと筆者は考えている。
　そこでは、近代日本における自我、すなわち日本人の自己実現という重要な問題が、主たるテーマとなる。
　現在筆者は、鋭意、この著作に取り組んでいる最中である。

■引用文献一覧（引用順に掲載）

桑原武夫・大槻鉄男（選）『三好達治詩集』（岩波文庫）（岩波書店、1971 年）

河合隼雄『無意識の構造』（中公新書）（中央公論新社、2017 年）

吉川幸次郎『漱石詩注』（岩波文庫）（岩波書店、2002 年）

和田利男『漱石の漢詩』（文春学藝ライブラリー）（文藝春秋、2016 年）

俵万智『サラダ記念日』（河出文庫）（河出書房新社、1989 年）

俵万智『チョコレート革命』（河出書房新社、新装版 2017 年）

俵万智『かぜのてのひら』（河出書房新社、新装版 2017 年）

坂慶行「日本人の国民性 50 年の軌跡―「日本人の国民性調査」から―」（『統計数理』第 53 巻　第 1 号、2005 年）3―33 頁

伊藤和光『日本文学の統計データ分析』（東京図書出版、2024 年）

谷俊太郎『自選谷川俊太郎詩集』（岩波文庫）（岩波書店、2013 年）

Tanikawa Shuntaro, William I. Elliott (tr.) and Kazuo Kawamura (tr.) Shuntaro Tanikawa: Selected Poems (Persea Books 2001)

パスカル、前田陽一（訳）由木康（訳）『パンセ』（中公文庫）（中央公論新社、1973 年）

Blise Pascal, Michel Le Guern (ed.) Pens?es, (Gallimard 2004)

田原『谷川俊太郎論』（岩波書店、2010 年）

ウィリアム・Ｉ・エリオット「谷川俊太郎、そぞろ歩き的品定め」　牧野十寸穂（編集）『國文學　一九九五年　一一月号　解釈と教材の研究　谷川俊太郎』（学燈社、1995 年）32 –

36頁

河合隼雄、谷川俊太郎『魂にメスはいらない―ユング心理学講義―』（講談社 + α 文庫）（講談社、1993 年）

竹田青嗣『陽水の快楽』（河出書房新社、1986 年）

ロバート キャンベル『井上陽水英訳詞集』（講談社、2019 年）

大岡昇平（編）『中原中也詩集』（岩波文庫）（岩波書店、1981 年）

小林秀雄「中原中也の思い出」『作家の顔』（新潮文庫）（新潮社、2007 年）

北川前肇『NHKこころの時代〜宗教・人生〜宮沢賢治　久遠の宇宙に生きる』（NHKシリーズ）（NHK出版、2023 年）

宮沢賢治『【新装版】宮沢賢治詩集』（ハルキ文庫）（角川春樹事務所、2019 年）

伊藤和光『評論集：宮沢賢治と遠藤周作―日本文学における宗教経験の諸相』（牧歌舎、2024 年）

高村光太郎『高村光太郎詩集』（岩波文庫）（岩波書店、1981 年）

アーサー・ビナード『日本の名詩、英語でおどる』（みすず書房、2007 年）

アーサー・ビナード『釣り上げては』（思潮社、2000 年）

アーサー・ビナード『左右の安全』（集英社、2007 年）

渡邉十絲子『今を生きるための現代詩』（講談社現代新書）（講談社、2013 年）

渡邉十絲子『Fの残響』（河出書房新社、1988 年）

最果タヒ『死んでしまう系のぼくらに』（リトルモア、2014 年）

井戸川射子『する、されるユートピア』（青土社、2019 年）

暁方ミセイ『ウイルスちゃん』（思潮社、2011 年）

Selected references for English readers.

アーサー・ビナード『日本の名詩、英語でおどる』(みすず書房、2007年)

Soseki Natsume(Author), Norma Moore Field(Translated), And Then, TUTTLE Publishing 2012.

俵万智(著)、J・スタム(翻訳)『英語対訳で読む サラダ記念日』(河出書房新社、2017年)

ウィリアム・I・エリオット(著者)、西原克政(訳者)、谷川俊太郎(詩)、ウィリアム・I・エリオット(英訳)、川村和夫(英訳)、西原克政(英訳)『A TASTE OF TANIKAWA 谷川俊太郎の詩を味わう』(ナナロク社、2021年)

ロバート キャンベル『井上陽水 英訳詞集』(講談社、2019年)

Chuya Nakahara(Author), Ry Beville(Translated), Poems of the Goat, Bright Wave Media 2022.

Kenji Miyazawa(Author), Roger Pulvers(Translated), Strong in the Rain: Selected Poems, Bloodaxe Books 2007.

Kazumitsu Ito, Statistical Data Analysis of Japanese Literature, One Peace Books 2025.

■ 著者プロフィール ■

伊藤　和光（イトウ　カズミツ）
1986 年　同志社大学神学部卒業（卒業研究：新約聖書学）
1995 年　東京大学医学部医学科卒業
2022 年　放送大学大学院修士課程修了（日本文学専攻）
現職：　高見丘眼科　院長
著書に、『日本文学の統計データ分析』『芭蕉連句の英訳と統計学的研究』『芭蕉連句の全訳：16 巻 576 句の英訳および解説と注釈』『コンタクトレンズ診療の実際』（以上は東京図書出版から発刊）『評論集：宮沢賢治と遠藤周作』（牧歌舎）など。

こころに残る日本の詩 15 篇
―近代・現代日本文学から―

2024 年 10 月 31 日　初版第 1 刷発行

著　者	伊藤 和光
発行所	株式会社牧歌舎
	〒 664-0858　兵庫県伊丹市西台 1-6-13 伊丹コアビル 3F
	TEL.072-785-7240　FAX.072-785-7340
	http://bokkasha.com　代表者：竹林哲己
発売元	株式会社星雲社（共同出版社・流通責任出版社）
	〒 112-0005　東京都文京区水道 1-3-30
	TEL.03-3868-3275　FAX.03-3868-6588
印刷製本	冊子印刷社（有限会社アイシー製本印刷）

Ⓒ Kazumitsu Ito 2024 Printed in Japan
ISBN 978-4-434-34692-7　C0095
日本音楽著作権協会（出）許諾第 2406689-401 号

落丁・乱丁本は、当社宛にお送りください。お取り替えいたします。